KB027806

정용채 시집
마음로1번길에 시가 산다

이 도서의 국립중앙도서관 출판예정도서목록(CIP)은 서지정보유통지원시스템
홈페이지(http://seoji.nl.go.kr)와 국가자료종합목록시스템(http://www.nl.go.kr/
kolisnet)에서 이용하실 수 있습니다.
(CIP제어번호 : CIP2019036733)

마음으로 1번지 그에 시가 산다

정용채 시집

지구문학

두 번째 시집의 간판을 '마음로1번길에 시가 산다' 로 달아본다.

시인은 시가 마음로1번길에 살 것이고 수필가는 수필이 그리고 소설가는 소설이 마음의 중심에 살지 않을까 생각을 한다.

또한 독자들은 독자들대로 자신들이 가장 소중하고 중요하다고 여기는 것을 1번지에 살게 할 것이다.

심장의 가장 가까운 곳에 무엇을 두느냐에 따라 각자의 삶의 무게와 색깔이 다를 것이기에 무엇이 중하고 덜하다고는 할 수 없을 것이다.

물론 가족이라는 절대적 존재를 제외한다는 전제로 시작한 질문이다.

어떤 이는 꿈과 희망을 마음로1번길에 살게 할 것이고 어떤 이는 권력과 명예를 또 어떤 이는 부의 축적을 그 번지수에 살게 할지도 모른다. 그리고 시간과 장소에 따라 제목은 수시로 바뀔 것이다.

우선 가까이 있는 지인들은 과연 그 1번길에 누구 혹은 무엇을 들여 살게 할지 참으로 궁금해진다. 1번 길은 가장 중심에 놓여 있다. 그리고 그 길을 중심으로 하여 많은 길이 실핏줄처럼 이어져 마을과 도시 그리고 국가를 형성하게 된다.

마음에도 1번 길을 중심으로 여러 갈래의 삶의 지도가 그려질 것이라 본다.

골목이 주는 아늑함과 대로가 주는 시원함을 두루두루 누리며 내 시를 읽는 독자들이 모두 행복한 보금자리로 향해 걸어가기를 희망한다.

제1장 _ 그 골목에는 라일락향이 산다

제2장 _ 원룸촌에 낮달이 떠 있다

차례

제3장 _ 도시는 섬들의 마을이다

제4장 _ 아파트 단지에도 길고양이가 산다

차례

제5장 _ 고층에는 길이 아래로 나 있다

그 골목에는 라일락향이 산다

| 프롤로그 |

라일락 향은 그리움이다.
살 속 세포 세포마다 기억을 넘어 DNA가 돼버린 골골한 그리움들,
그리움은 되돌릴 수 없는 치명적인 단점을
기본으로 시작된 단어이기에 언제나 애절하고 고독하다.
또한 그리움은 시간을 먹고 산다.
시간이 갈수록 몸집도 커지고 향도 더 짙어진다.

배롱나무 가지에 립스틱 피다

검은 비닐봉지 하나
배롱나무 가지에 걸려 있다

아니 될 말일세
세상 모든 것을 담아도
그 꽃만은 담지 말아주오
내 어머니 립스틱을 빼닮은 저 꽃을
이 여름이 다 가도록 곁에 두고 싶다네

모진 풍파 겪은 얼굴에도
저 꽃 닮은 립스틱 슬쩍 바르면
언제라도 살 고운 아낙 되어
다시 꿈을 꿀 수 있었다네

바람에 떨어져 뒹구는 꽃잎들이
마치 어머니 입가에 번진
립스틱 자국 같다

배롱나무 꽃이 피는 계절엔
진홍색 립스틱을 기어이 사고야 만다.

엄마의 변신

가을 하늘
홍시 같던 엄마
바람결에
곶감인 양 사시더니
몇 번의 병치레 끝에
잘 말린 대추가 되었다
어제 뵈니
영락없는 매미 허물
움직일 때마다
바스러지는 소리
내 귀의 이명으로 사신다.

안개로 염색해 보세요

새벽안개 자욱한 날
채마밭에 다녀오시던
어머니의 머리는 반백이었다
그 후로 얼마나 많은 날을
안개 속을 들고 나셨길래
저리도 하얗게
순백의 머리가 되었을까
머리카락 속에서 간신히
검은 머리 한 올을 찾아
젊은 날의 이야기를 듣다가
운 좋게
안개로 염색하는
비법을 배우게 되었다.

철들기 바라시나요?

제 자식
철들기 바라는 부모신가요
철이 어디
그리 쉽게 들던가요
제 몸에서 슬슬
철분이 빠질 때쯤에야
비로소 들게 되는 게
철이 아니던가요
그러니 철드는 게
뭐 그리 좋을까 싶네요.

영산홍 또 피네

누구나 한 가지씩
지옥을 품고 산다
그래서 가슴이 뜨거운 게다

너는 지금
지옥 어디쯤 서 있길래
그리 붉게 타들어 가는가

무엇이 불길이고
무엇이 꽃인지

여름이 이리 뜨거운 이유가
네가 봄날 내내
불 지핀 까닭임을 알았다.

우문현답(愚問賢答)

돌에게 나이를 물으니
부질없다 말하네

나이는 생명이 유한할 때
세는 셈
영겁을 사는 자에겐
셈은 할 일없는 놀음

한 살이든 백 살이든
모두가 한 살이 삶이란다.

사위어 가다

삶이 사위어 간다
몸에서 살이 사위어 가고
마음에서 희망이 사위어 가면
뼈를 둘러싼 가죽만이
살에 흔적을 대변한다
살아가는 의미가 온전히
살 속에 담겨 있었음을
살아야 할 희망이 모조리
그 살 속에 있었음을,
표피만 남았을 즈음에야…

비로소
내 몸에 살들을 사랑하게 되었다.

낡은 시집

– 강영서 시인께 감사하며

한 노시인이 내게
당신만큼 오래된
시집 한 권을 선사하셨는데
책장을 넘길 때마다
지면의 시보다 더 시 같은
종이 냄새가 폴폴
소멸해 가는 향기다
스스로 먼지가 되어가는 종이
누릿누릿 글씨를 잡아먹는데
코끝으로 형언하기 힘든
시향이 감긴다
오래된 시집이 새 시를 낳는
산실에 냄새가 비릿하다.

붓꽃

너는 가만히
서 있기만 해도 청초함이다

바람은
서너 획만으로도
너를 완벽하게 그리고

비는
단 한 방울로
너를 빛나게 하는데

가장 청순한 색깔을
고르고 골라
너를 그리려 해도
그 청초함을 표현할 길 없으니

청초가 사라진 이가
청초를 그리는 일은 무리다.

단풍은 철드는데

철이 들 대로 든 단풍이라
저리 고운 겐가
아직도 철부지인 나는
저절로 고운 빛 낼 줄 몰라
이 빛 저 빛 덧칠을 하고
단풍나무 밑에서 사진을 찍는다
철없어 곱지 않은 것을
단풍이 너무 고와
내 인물 안 산다고 헛소리한다
같은 철을 살아왔거늘
나무는 날이 갈수록 고풍스러운데
나는 갈수록 초라하니
나무 한 그루 따라잡기도
버거운 나이다.

바나나

나름 청운에 꿈이 있어
바다 건너 여기까지 왔을 터인데
식탁 한켠에서
거뭇거뭇 검버섯을 기르며
늙어가고 있는 바나나
이국에 이르러 그가
이루고자 하는 꿈이 궁금해진다
고향에 공기 한 줌 그리울 때도
이를 악물고 버텼을 그 꿈이
겨우 날파리 떼 불러들이는
단내는 아니었을 터이다
바나나가 내게 말을 건다
너도 나처럼 식탁에 앉아
검버섯으로 연지곤지 찍기는 마찬가진데
네 젊은 날에 꿈은 이루고 사느냐고…

거미줄에 걸려들어 봤나요?

허공에 그물을 드리우고
날개 가진 것들 낚아
제 살로 삼으려는 까닭

한 서린
제 몸 짜내어 엮어가는
커다란 날개
태초에 얻지 못한
서러움의 크기

처음에야
설움에서 시작되었다지만
어찌 허공에서 낚이는 것이
날개 가진 것들 뿐이랴

수시로
길 잃은 바람도 걸려들고
두려움을 이겨낸

새내기 밤들이 흘린 눈물도
종종 낚이는 것을

한으로 시작된 일
때로는 스스로 깨닫는
지침이 되기도 하고
무심한 것들의 안식이 되기도

오늘은 갈 길 잃은
홀씨가 걸려
대롱대롱 그네를 탄다.

호박죽 한 그릇 드실래요?

나이 들어 쓸 만한 건
늙은 호박뿐이라던
친정엄마 말씀이
고스란히 음식이 되는 순간이다

펑퍼짐한 몸매
소박한 빛깔
둔탁한 울림마저
산사에 오래된 느티나무를 닮았다

애호박 시절이야
철모르고 살았다지만
중호박 시절은 어째
기억 한 자락 없는지…

달달한 호박죽
한 그릇 먹고 나니
후드득후드득

숟가락 위로 소낙비 드나들고
빈 그릇 속으로
꿀벌 한 마리 날아든다.

얼음화석 발굴 작업

혹한의 겨울은
물가에 이르러 화석이 되었다
본래 이곳에 머물고자 했던 게 아닌데
주춤하는 사이 그만
물의 살갗이 되어버렸다
흐르다 멈추는 것은 순간이고
부드럽다가 거칠어지는 것 또한 찰나
풍욕으로 거친 때를 밀어내며
온 겨울
화석으로 하얗게 굳어간다.

가을이 일제히 소각되다

활활 탈 때 알았어야 했다
송두리째 재가 될 거라는 것을

거리는 온통 잿더미에 쌓여
바람이 일 때마다
재투성이가 이리저리 나부긴다
마지막 춤이라도 되는 양
춤사위마다 격양되어 있다
비구니의 승무인 듯
무속인의 천도재인 듯
이승과 저승으로 이어지는
저 처절한 사위마다
잊혀야 할 사연들이 바람이 된다
묻혀야지, 묻어야지
태울 때는 다 잊고 다 잊혀지기를

가을에 불 지핀 이에게
방화의 죄를 묻지 않는 까닭은
서로가 묵인할 수밖에 없는 이유가 있음이다.

쌍으로 사는 것들

애초에 서로 합의를 봤을까?
쌍으로 이루어져 살기로

하나가 슬그머니 없어져도
끝내 기다림을 포기하지 않기로
성혼선언문이라도 주고받았나

잃어버린 귀걸이나
장갑 한 짝을 찾는 일은
운 좋으면 가능하다

제아무리
운 좋은 사람이라도
제 짝 잃은 사람은 끝내 외짝이다

쌍을 이룬 것들은 결국
시차를 두고 외짝이 되어간다

어쩌면 쌍이니 짝이니 하는 것도
결국은 혼자를 전제로 묶어놓은
기획용 1+1일 뿐이다.

갯바위

너는 와서 부서져라
나는 방패 없이 맞을 테니
내게 부딪혀
너의 무거운 일상이
가벼워진다면
나는 기꺼이
내 어깨를 내어줄 터이다
주저 없이 달려와
안기는 네가 있어
나의 몸은 이미
너에게로 향해 있다.

풍선

내게 필요한 건
단 하나
온몸 가득
바람을 채우는 것
네겐,
헛한 바람이라 해도
내겐,
삶의 전부.

앨범

해진 기억을 꿰매는 데는
사진만한 게 없지
끊어진 이야기를 잇고
달아난 이들을 한 자리에 모으면
더는 안달하며
시간을 좇을 필요가 없다네

낡은 앨범 속에선
난 아직도 주인공이고
그들도 여전히 그곳에 있네

나는 누구의 사진첩에서
보고 싶다가는 잊혀가고
그립다가는 이름마저 가물거리며
퇴색된 배경으로 남아 있을까.

제 2 장

원룸촌에 낮달이 떠 있다

| 프롤로그 |

홀로 서기는 수만 번 넘어지고 일어나기를
반복한 끝에 비로소 가능한 일이다.
그 넘어짐 끝에 가까스로 부여잡은 삶들이 모여 사는
원룸촌에는 골목마다 희망이 산다.
새벽이면 약속이나 한 듯이 정류장으로 모여들고 저녁이면
또 어김없이 앞서거니 뒤서거니 골목으로 들어선다.
헤쳐 모이기를 반복하는 그들이 있어 골목이 언제나 활기차다.

문

- 하나

설마
볕과 바람이 드나들어
문이겠는가
네가 들고 나니
문인 게지
오늘 너
오지 않으니
문은 이내 벽이 된다.

문

- 둘

문을 여니
기다렸다는 듯
찬바람이 밀고 들어온다
너
얼마나 밖에서 기다린 거니.

문

- 셋

지독히 외로운 날
슬그머니 문 열어 두고
지나가는 바람이라도
지나치는 그림자라도
아니, 길고양이라도….

문

- 넷

문은
누구나 드나드는 줄 알았지
문틈에 낀 낙엽
새로운 깨달음으로 바스러진다
입자 하나
먼지로 위장하고
기어이 안으로 들어온다.

문

– 자동문

자동문이라 써 놓고
누르란다
반자동이다
사기다!
사기의 공간으로 들어갔다
사기의 세계로 나온다.

문

1.

빛과 바람에 전용구
불법으로 빗발이 침범했다
바람이 고발을 했다
주인은 인정머리가 없다며
매몰차게 문을 닫고
바람마저 막아버렸다
바람은 억울한지
밤새 창문을 두드린다.

2.

—관계자 외 출입금지—
팻말을 붙이지 않았더니
사람이 들어왔다
CCTV가 고발했다
주거침입죄로 끌려갔다
주인은 연신 고마움을 표했다.

문
- 아파트

단지 입구—
    암호를 입력하시오
동 입구—
    번호를 입력하시오
엘리베이터—
    층수를 누르시오
현관 입구—
    비밀번호를 입력하시오

남은 숫자가 없어서
방문만큼은 열어두었다.

문

– 화장실

화장실과
아들 방문은
일단 닫히면
국경보다 더 단단하여
비자가 있어도
들어갈 수가 없다
똑! 똑!

절(寺)

절에 가면
절로 절을 한다
부처님 앞이라
절절매는 게 아니라
닥친 일에
절절매는 까닭이다
반으로 몸을 접어
조아리다 보면
미처 보지 못한
제 허물이 보인다
절은 저절로
저를 돌아보게 한다.

눈(目)

못 볼 거
보고 난 후
눈 한 번
감았다, 뜨면 그만
굳이
마음까지 끌고 와
속 끓일 게 무어람
꼴사나운 것 보면
쓸어버리라고
애초 쌍으로
눈썹도 달아줬거늘.

감

젠장,
이게 뭐람!
그 넓은 초지를 놔두고
하필이면 도랑이라니
착지를 배우는 시간에
결석한 게 화근이다
에라, 모르겠다
목욕이나 실컷 하자.

꽃

꽃잎
분분히
흩어지던 날

자식 낳고
춤추던 날

씨
열매
하나같이
예쁜 꽃을
엄마로 두었다

펴도 져도
꽃인 이유.

꽃

– 겨울 장미

게으른 자에게 내린 단죄
삭풍 아래
검붉은 주검으로
꾸덕꾸덕 박제되어 간다.

밤

해 그림자에 묻혀 사느라
평생
제 그림자 하나 없는 삶
그림자 없으니
빛 또한 두렵지 않다
굳이
눈을 감지 않아도
보지 않을 자유가 있어
밤은 낮보다 평화롭다.

연(鳶)

매여 있다는 것은
때때로
탈출을 꿈꿀 수 있어 자유롭다
가늘고도 긴
이 인연의 끈을
차마 놓지 못하는 것은
매일 때
저당 잡힌 용기 때문이다.

달

- 초승달

그리움의 무게에 눌려
자꾸자꾸 기운다

서러움은 어둠을 먹고
자꾸자꾸 커가고

조바심 난 맘에
날카로운 날을 들인다

그리움을 베어낸다
밤이 속절없이 잘린다

예각으로 잘린 어둠 속으로
휑하니 바람이 들어온다.

달

- 보름달

있는 힘을 다해
한껏 부풀려
밤새 세상을 비추어도
밤은 여전히 어둡고
제 몸만
빛나는 게 겸연쩍어
슬그머니 몸을 낮춘다.

별

도시의 밤하늘에는 별이 없다
별보다 화려한 조명이
도시를 꽉 채우고 있어
사람들도 더는
별을 그리워하지 않는다
빛바랜 도시의 별은 이제
슬프고 외롭고
괴로운 이들의 차지가 되었다
허망한 맘을 가진 이들이
별 하나 찾아
위로받고 싶을 때
밤 비행기 저만치서
별처럼 반짝이며 다가온다.

섬

섬, 너는

다가보면
바다의 머리
뒤돌아보면
물의 눈동자

허나 실은
태초에 자른
탯줄 아물이

가끔
폭풍 이는 까닭
물밑 뜨거운 심장 식히는
고뇌의 몸부림

시린 눈 치켜뜨고
오늘도
바다의 수호신이 된다.

제 3 장

도시는 섬들의 마을이다

|프롤로그|

바다가 고향인 사람들은 육지에 이르러서도 저마다 섬을 만든다.
섬들 사이로 물이 들어오면 서로 외롭다고 아우성치다가도
물이 빠지기가 무섭게 저마다 높은 성을 쌓으며
다시 도시의 섬을 만들어 스스로 그 성에 갇히기를 희망한다.

동굴벽화의 비밀번호

아침에 나온 동굴의 벽화가
기억나지 않는 오후
저녁이면 되돌아갈
입구의 비밀번호를 잊어버렸다
온전히 내 것이 아닌 것에
비밀의 번호를 걸어두는 게
온당치 않아
줄곧 기억을 흘리곤 했다
그곳은 사각의 집합체
모서리들이 밤마다 치근대고
꼭짓점들이 부딪히는 소리에
자주 잠을 설치곤 한다
오로지 둥근 것은
내 밥그릇과 얼굴뿐
동굴의 문은 철문으로
굳게 잠겨 있어
기억이 쇠퇴한 이들은 나올 때
이별을 예고해야 한다

다행히 나는 오늘 저녁에도
그 동굴 벽화를 보는 데 성공했다.

철거 현장

기억을 지우려는 자
추억을 지키려는 자
두 개의 칼날이
공기를 자른다

찌르는 듯한 파열음
지상과 천상을 잇는
혼백을 가르는 소리

구석구석 박혀 있던
건물의 세포들이 일제히
하늘로 솟구쳐 오른다

순식간에 사라진
숨의 역사
눈을 감아야
비로소 닿을 수 있는 진실
너는 분명
그곳에 있었었다.

수돗물

꼭지를 틀자
수돗물이 기다렸다는 듯이
요란스럽게 쏟아져 나온다
기껏 손 한 번 씻자는 건데
별스럽게 쏟아내는 물소리에
짐짓 뒷걸음을 친다
몹시도 세상으로
뛰쳐나오고 싶었나 보다
하긴 제 맘대로 세상으로 나왔다간
어디 모자란 놈 취급받기 일쑤일 테니
일일이 허락받고 나오는
번거로움이 오죽했을까
남의 목 축여주는 데도
제 목 틀어줘어 하는
억울함이 어떠했을
다시금 꼭지를 잠그자
서러운 듯 뚝뚝
마지막까지 눈물 바람이

놀이터

놀이가 강제로 모여 있는 곳
규격화된 놀이와
일체화된 아이들의 움직임
정제된 설탕처럼 하얗다

색을 잃은 놀이와
일룩을 허락지 않는 놀이터가
담합을 한 것임에 틀림없다

비 오는 날
놀이터는 개점휴업이다
아니
하늘에서 비가 내려와
실컷 노는 날이다.

알람소리

처절한 울림
살자는 소리
살아가자는 다짐
쥐어박고 싶은 맘 간절하나
감히 가하지 못하는 핍박
……
저
저놈만 없어지면
……

쓰레기통 속 대화

버려진 이들의 종착역
우걱우걱 울음을 주워 먹으며
어깨를 한껏 구부리면
그저 한 줌의 생
위는 자꾸 작아지는데
허기는 더해가는
배곯던 이들의 오랜 습관

시든 꽃이
막바지 향을 날리며
푸념처럼 독백을 쏟아낸다
나는 꽃이었어, 나는 꽃이었다고
그 정도면 잘 산 거야
잘 산 거고 말고

구겨진 자존심을 펴며
고운 포장지가 대꾸를 한다
나는 최고였어!
화려함의 정점이었지

모두 내게
빛나는 눈동자를 주었어
그래 나도 그거면 충분해

타들어 가듯 담배꽁초가
아주 느릿하게 뒷말을 잇는다
난 그들의 한숨이었지
그들의 위로였고
그들의 노고였어
단순히 쓰고 버려진 게 아니야
그의 손길
그의 숨결이면 족해

우린 버림받은 게 아니야
불꽃으로 타오르다 지는 건
아주 황홀한 경험이란 말이네

쓰레기통 안에 대화는
끝없이 이어지고 있었다.

비 내리는 날에는

비가 오면
모든 사물이 일제히 일어난다
먼저 의식이 깨어나고
이어 향과 냄새
마지막으로 흙이 깨어난다

먼지 냄새, 시멘트 냄새, 쓰레기 냄새
심지어 목재나 검불 같은
죽은 것들조차 다시금
제 향으로 깨어나니
살아 있는 것들이야 말해서 무엇 하리

빗줄기가 굵어질수록
향과 냄새는 뒤섞여
모두가 하나같이 비릿해진다
그러므로 사물의 냄새는 원래
다 비린내였나 보다

다만
어찌어찌하다 향으로 불리게 되었을 터
허나
비가 내리는 날에는
도리 없이 씻기어
가려워졌던 자아가 고스란히 드러난다.

계단학 개론 1장

시작은 그러하다
한 발을 허공에 두는 모험과
외발로 전신을 지탱하는 묘기를
동시에 부리지 않으면 불가능하다

허공에서 한 발이
불안한 착지를 염려할 때
다른 한 발은
온 힘을 한 곳에 집중하고 있어야
평형을 유지하고
겨우 한 계단 오를 수 있다
지나친 호기로 순번을 어기면
가차 없이 단(段) 앞에 고꾸라져
아찔한 순간을 맞는다

계단을 오른다는 것은
단순한 육체의 움직임이 아니라
온전히 두 발이 균형을 이뤄야 가능한
꽤나 과학적인 정치다.

계단학 개론 2장

계단의 시작은
지표로부터 시작한다
과거에는 높이 오른 만큼
더 넓은 세상을 내려보는
특혜를 주었지만
지금은 보다 아래로
내려간 자에게
더 높은 하늘을 허락한다
지구를 관통할 만큼
내려갈 수 있다면
결국은 하늘을 연결하는
신통도 부릴 수 있을 것이다
지상에 단을 올리고
지하로 단을 놓으며
묵묵히 내 발길의
향방을 주목한다.

엘리베이터 옆 계단

같은 목표를 행해
각기 다른 방식으로 가는 둘

오래된 된 것과 새로운 것이
어떻게 같이 살아야 하는지
이보다 여실히 보여주는 사이가 있을까
속도에 지칠 때쯤
쉬어가며 오를 수 있는
여유가 옆에 있고
답답하리만큼 더뎌 조바심칠 때
단숨에 오를 수 있는
친구가 옆에 있다는 건
참 든든한 백이다
서로의 장점을 시기하지 않고
언제든 서로의 어깨를 내어주는
상생의 표본

엘리베이터가 병가를 내던 날

계단은 온종일
묵묵히 모든 일은 도맡아 했다.

확성기소리

컴퓨터, 냉장고, 세탁기
텔레비전, 에어컨 삽니다
못 쓰는 가전제품 삽니다
010-4352-XXXX
귀에 익은 소리
나른한 오후가 그다지 나쁘지 않다
불현듯
못 쓰는?
나도 어느 날
저 확성기소리 따라
집을 나서는 날이 올 것 같다.

불청객

요란한 초인종소리
복음을 전하는 이들이다
양념 묻은 두 손에 부아가 치민다
그들을 향한 화인가
내 좁은 소견에 대고 푸는 화인가
저 혼자 듣는 욕이
한바탕 쏟아진다
제 귀만 더러워지는 순간이다.

교도소 담장엔

가을을 잔뜩 짊어진 담쟁이가
교도소 담벼락에 찰싹 붙어 있다
남몰래 월담하려다 걸린 자세인지라
황망함이 묻어 있다

넝쿨 하나,
억울하기가 어째
주인님 죄를 대신 뒤집어쓴 낯빛이다

넝쿨 둘,
쇠락한 대가 집 안방마님 자태로
번뇌와 고뇌로 물든 색이
오히려 가을 하늘보다 청량하다

담 안에 담쟁이들은
무슨 죄목으로 들어와
옥고를 치르는 것인가
무심히 내디딘 그곳이 교도소였다면

저 높고 투박한 담벼락은
전생에 업이었을 게다

길가에 담쟁이
기를 쓰고 담을 넘으려 하니
자못 그 죄가 궁금하다.

도배를 하다

세상을
쪼개고 쪼갠 자리에
내 집 한 채 들였습니다

담을 경계로
우리만의 세상을 만들고
단절이 주는 평온함과
갇힌 안락함을 즐깁니다

겹겹이
문들을 달아놓고
번잡한 외로움
숨 쉬는 답답함도 느껴봅니다

이제 와 허물기에는
국경만큼이나 견고해진 벽에
기하학 도배지로
설치미술을 하듯 도배를 합니다.

백담사

누구는 이곳에
만해에 이끌려 오고
더러는 비극의 역사를 보러 오고
대개는 그저 그렇게 왔다 해도
수신교를 건너는 순간
마음 한 가닥 씻고 갈 수 있을 테다
씻긴 맘을
정갈하게 포개어 계곡에 놓으면
저절로 돌탑이 될 일이나
나 오늘
맘 차곡히 쌓아
오래된 담벼락에 기대우고 간다.

가위바위보

산다는 건 저마다
어쩌지 못하는 숙적 하나씩 껴안고
끝없이 싸워보는 게임이지
숙명처럼 마주하는
절대적 존재가 있음에도
저 닮은 놈 있어
가끔은 위로받고
언제라도 이길 수 있는
만만한 놈 있다는
희망 하나로 살아가지
이길 확률은 삼 분의 일이지만
삶은 결코 확률로 답하지 않지
그럼에도 너나 할 거 없이
죽기 살기로
가위, 바위, 보를 해댄다.

섬유유연제

어머니 시절엔
사는 게 보드라웠는지
옷이며 이불 홑청이며
빳빳하게 풀 먹이기를 즐기셨다
보드라운 것들에 치여
사가사각 거친 소리가
듣고 싶었던 모양인데
나는 어째
거칠거칠한 세상에 살아서인지
이것저것 빨랫감마다
섬유유연제를 부어대며
부드럽고 향기 나는 것에
목말라 하고 있다.

꽃병동 병상일기

절지된 상처를 동여매고
오라에 묶인 채 끌려온 죄목은
꽃으로 태어나
이 비극을 예상 못 한 죄

자책과 원망으로
붉은 꽃은 더 붉어지고
노란 꽃은 더 자지러지는데
치유할 수 없는 병들이
다급하게 꽃병에 꽂히면
공포가 암각된 울음들이
핏물처럼 녹아든다

꽃이 절지동물이 되어
가까스로 생명줄을 부여잡은 병동
같은 병을 치유하기 위한
다면의 움직임이 시들대며
주검보다 처연한 얼굴에

향기 한 점 후려치는데

다음 생은
기어이 들풀이길 소망하며
밤새 토함질을 해낸
꽃병 속으로
숱한 허무가 용해된다.

공기청정기

정수기 대여하던 날
언제부터 우리가
물을 걸러 마셨나 하며
마음이 스산했는데
십여 년이 지난 오늘
거실에 공기청정기를 들여놨다
미세먼지 탓이라지만
어째 마뜩치 않은 건
정수기가 그러했듯
저 요상하고 징그러운 물건도
이내 일상이 될 것이란 걸
예감하기 때문일 게다.

여기는 암병동

여기는 도시의 섬
우주 속에 또 다른 행성
삶과 죽음
그 경계선상에서
새로운 세계를 만들어가는
제3세계 사람들
희망을 모국어로 쓰고
절망을 금지어로 쓰는
지구 속에 또 하나의 지구.

제 4 장

아파트 단지에도 길고양이가 산다

| 프롤로그 |

골목으로 이어지던 오래된 마을에
으리으리한 아파트가 들어선 건 불과 몇 년 전,
오랫동안 그곳에 거주하던 주민들은 서로의 안위를 걱정하며
뿔뿔이 흩어졌다. 개발과 고수가 떠드는 사이 고양이는 잊혀졌다.
사실 고양이도 그곳의 주인이었는데 말이다.
새로운 아파트에는 더는 담장이 없다.
고양이는 종일 담장을 찾아 넓은 단지를 배회한다.

소금

태양을 필터삼아
내가 얻으려던 건
깊은 바다색

미치도록 푸른 하늘이 보고플 때
마음껏 하늘을 그리려 했을 뿐
걸러걸러 내가 얻은 건
새하얀 그리움

푸른 빛은 온전히 내 설움의 빛
너의 그리움
나의 그리움이 응집된 건
짜디짠 눈물의 결정

그래, 그래
서러움은 푸른 빛이었어
무엇으로 걸러지지 않는
서슬 퍼런 아픔이 있어야

눈부시게 빛나는 거였어

그리움 한 꼬집 넣어
푸른 서러움을 요리한다.

여백으로 채우다

미처 채우지 못함은
여백이 아니라 공백
그러기에 본디 여백은
한껏 채운 데서부터 시작한다

부족한 공간은
갈증으로 가득 차나
풍족에서 덜어낸 자리는
여유로 가득하다

여백은 자유다.

하조대 모래사장

씻고 또 씻고
한여름
풋사랑 잊으려
제 몸 부서지도록
안간힘을 쓰고 있다
바닷물에 씻어
가을볕에 말려보고
세찬 해풍에 날려 봐도
그 여름 흔적
쉬이 사라지지 않아
가을 중천에도
몸서리치게 하얗게
속살을 드러내고 있다.

달맞이꽃

밤마다 별똥을 주워 먹고도
달만을 바라보는 맘을 전들 알겠나요
외면하려 모진 애를 썼음에도
눈은 이미 달을 향해 있고
속절없이 스러지는 심사를
난들 알 수가 있어야 말이지요
저절로 차고
저절로 내어주는 맘
그냥 마음 가는 대로 한 번 믿어 보렵니다
피고 지는 까닭이 어디
제 뜻대로 되겠냐마는
저절로 이끌리는 데는
다 그만한 이유가 있지 않을까요
날마다 애원하듯 바라기하다가
달 차고 이지러지듯
스스로 피고 지기를 반복하다 보면
제풀에 겨워 수풀에 몸 떨구고
꿈꾸듯 달마중 가겠지요.

오미자 효소를 담그다

달달한 설탕을 미끼로
너의 심장을
오려내려 함이다
전신에 핏기가 가시면
가차 없이 팽개치며
추억이었네, 말하련다
내 사랑은 오로지
너의 그것을, 탐함이었다.

가을이라 이름 짓다

고개 들어
하늘을 한껏 마시면
푸른 바다가 일렁이며
가슴으로 들어온다

다시 한 번
심호흡을 크게 하고
한 사발 더 들이키면
파도소리 쏴 하며 단전까지 밀려든다

미처 잔 하나 준비하지 못한
그 누구라도 좋다
두 손 모아 한 모금 들이키면
파란 물감 뚝뚝 떨어지는
바다를 마실 수 있을 것이다

한 모금만으로도
지난 여름 뜨겁게 달궈진

심장에 열기를 내리고
습하고도 습했던 마음에서
물기를 거두어내기에 충분할 것이다

하늘에 단지
가을이라 이름 지어줬을 뿐인데
'가을 하늘' 이라 이름 불러줬을 뿐인데
하늘은 온통
여름 바다를 품고야 말았다.

이팝나무 아래 노총각 서 있다

이팝나무 가지 하나 꺾어
나의 신부에게 건네면
순백의 드레스와 잘 어울리는
근사한 부케가 될 테지

레이스를 닮은 꽃잎들이
깃털처럼 나부끼면
그녀는 더 순결하게 빛날 테고
연록의 잎새들은
그녀의 미소를 한층 더
수줍게 만들겠지

햇살은 이만하면 충분하니 이제
키다리 꽃들이 춤을 추는 저 길로
어여쁜 신부만 오면 되겠네.

목련꽃이 지고서야

꽃이 지고서야 비로소
목련 나이를 알게 되었지요
담을 훌쩍 넘더니
어느 날부턴가 감히
지붕과 키 재기를 하더라고요
수령이 수십 년은
넘지 않을까 생각했는데
나무 그늘에
수북이 벗어놓은 신발을 보니
겨우 일곱 살배기였더라고요
어쩐지 볼살이 뽀얗더라니.

4월에게 백기를 들다

드디어 시작된 꽃들의 전쟁
이미 전초전을 치른 꽃도 있지만
이제부터가 본격적인 전쟁
총성 없는 전쟁이라
싱거울 거란 예단은 금물

색들의 연막전
모양의 다중폭격
향들의 비밀 첩보
전방위로 공격하는 고도의 전략

퇴로는 이미 차단되어
꼼짝없이 꽃들의 공격을 받게 되었다
아!
배수진을 치고 안간힘을 써 봐도
발은 이미 문밖으로 나가
항복을 외치고 있다

자. 죽이든 살리든
그대 뜻대로 하시오.

순천만 갈꽃비

향기 없다고
맵시 없다고
꽃자리에 초대받지 못하지만
세상에 꽃으로 태어난 이유가
어디 뽐내는 데만 있을까요
그는 향기를 위해
그녀는 열매를 맺기 위해 태어났다지만
저는 가장 낮은 곳에서
당신이 머물 자리를 준비합니다
꽃비로 쓴 자리
당신을 초대합니다.

*갈꽃비 : 갈대꽃으로 만든 빗자루

연지(蓮池)

장마철 연지에 가면
후룩 후루룩
국수 말아먹는 소리 요란한 건
진주 수확 철에
일손 늘리기 위함이다
빗 타작에
연잎 위로 솟아오른 진주를
재빨리 낚아채지 못하면
이내 일그러져 쓸모없어지니
가쁜 농부의 숨소리가
빗소리보다 요란하다.

서설(瑞雪)

하나의 몸짓
하나의 색으로
재주껏 한 폭 그려 봤습니다
할 수 있는 기교라고는
내려앉는 것밖에 모릅니다
간혹가다 바람에 흩날리기도 하지만
밤샘 작업에 피로가 쌓이다 보면
잠시 그럴 때가 있습니다
혹여 곤한 이들을 깨우지나 않을까
최선을 다해 조용히
화폭을 채웠다는 것만은
알아주셨으면 합니다.

성에

차마
다가갈 수 없어
문밖을 서성이다
유리창에 하얗게
그리움만
그려 놓고 가는
사랑 애송이.

화살나무 물들지 아니하고는

밤마다 자객이 들어
그루의 가슴에 비수를 꽂고
새벽이면 피로 낭자한 뜰 안에
처참한 식솔들의 주검
그루의 살점들이 도처에 나뒹구는
이 전쟁의 서막이 울린 것은
길고도 길었던 폭서의 도전이 있고부터

스스로 자결할 결단력도
맞서 싸울 용기를 상실한
저 핏발서고 창백한 낯빛들
밤새 몸서리치는 공포를 경험한
겁에 질린 눈들의 방황
푸르고도 푸르렀던 그
젊음과 패기는 어디로 갔나

결국은 비바람에 원정을 불러
단숨에 전쟁을 끝내려 하나

이미 피로 물들어진 전장의
참혹함이 너무도 아름다워
차마 어디에도 승전보를 전하지 못하는데
패잔병들의 폭소가 창공으로 내달리자
분노로 요동치는 장수의 심장
화살나무,
붉은 화살을 창공으로 쏘아댄다.

쌍개울

유년에 벗들이
이곳에 이르러
물장구치던 시절이 있었지
뜰은 광활했고 골짜기는 깊었었다
아이들 채근에
벼들은 부지런히 자랐고
아우성치듯
포도송이는 붉어갔었지

학현골의 전설이
안양천에 다다르는 곳에
왜가리 한 마리 서 있다
먹이를 잡으려는 건가
물놀이를 하려는 건가
한참을 머물다 떠난 곳에
동심원이 홀로 그리움을 삭힌다
그도 나처럼 이곳에
그리운 여울이 있었나 보다.

이별하는 날

떠나는 이와
남는 이가
반반씩 나누어 가지는 날
각기 다른 기억
저마다 다른 이유
제 뜻대로 가져가도
더는 다투지 않는
참 사이좋은 날이다.

특별한 하루

– 이미원 시인의 시 '12월 32일'에 댓글을 달다

'12월 32일'이라는
시를 만나던 날
삼백육십오 일에 덤으로
하루를 더 얻었다는 기쁨
특별한 노력 없이
공으로 얻은 시간인지라
감동은 1232배

우주의 시간으로 보면 찰나일진대
인간은 찰나의 순간을
해로, 달로, 날로 나누다 못해
시, 분, 초로 쪼개어
알뜰히도 살아보려 했지
단 일초라도
허투루 쓰지 않으려는 일념으로
살아들 왔던 거야

그럼에도 시인은

하루도 온전히 내 몫으로

떼어낼 수 없음에

기어이 하루를 보태어

사색의 시간으로 썼으니

그녀의 옥 같은 시가

그 시간 속에서 탄생했나 보다.

시 한잔하실래요?

- 고 김대규 시인 추모시

훤칠한 키와 수려한 용모는
냉철한 사고와
기울지 않는 의식을 담고 있을 때
더 빛났다
마치 시라는 글자가
인간이 바로 서기 위한
기본인 것을 증명이라도 하려는 듯
곧고도 곧게 자세를 곧추세웠지

시인의 눈에는 모든 게 시였다
시를 먹고 시를 마시고
시와 놀다 시를 베고 잠들기까지
시를 염려하고 시를 그리워했다

생전에 일상처럼
단상 앞에 커피 한잔 올리며 묻습니다
제 안에서 시를 끄집어내면
진정 삶에 무게는 줄어드는 건지

무한으로 끄집어내기를 반복하면
마지막 가는 길은 솜털처럼 가벼이
떠날 수 있는 건지 말입니다

아!
그리고 선생님!
베개 속에 숨기고 간
마지막 시의 주제는 무엇이었나요?

바다의 율법

지구의 모든 양수를 모아
잉태의 힘을 기르지
지독히 거친 것도
저 안에 잠시 머물면
껍질 속에 숨겨뒀던 부드러움을
드러내지 않을 수 없다네
태생이 어디든
거쳐 온 곳이 어디든
본디 질문하지 않는 율법으로
온전히 감싸 안다가
돌아갈 때가 되면
그저 잉태의 양분으로 쓸
정제된 양수 한 병 건넬 뿐
떠나는 이유 묻지 않는다네.

참외 넋두리

아시다시피 나는 오이였소
헌데 시절이 늘씬하고 여린 것이 대세랍디다
하여 지금에 오이에게 이름마저 내어주고
부아가 치밀어 잠 못 이루다
참아보자 싶어
이름 앞에 '참' 자를 넣어 참외라 개명을 했다오
헌데 요상하게도 그날부터 나를 채소전에서 내치더니
과일전에 올려놓더란 말이요
젠장, 이렇게 끝나나 싶었는데
세상만사 새옹지마라고 그날부터 내 팔자가
나날이 좋아지더란 말이요
치고 받친다고 낙담들 마오
나처럼 생의 역전도 허다하다오.

제 5 장

고층에는 길이 아래로 나 있다

| 프롤로그 |

큰길은 두려움이 앞서고 오솔길은 외로움이 붙어 다닌다.
언제나 길은 사방으로 나 있지만 걸어가야 하는 길은 한 길만이 하락한다.
어느 길을 선택해도 나머지 길에 대한 미련을
떨쳐 버릴 수가 없기에 정작 가야 할 길이 늦어지고 있다.

외로울 땐 멸치똥을 딴다

멸치똥을 딴다는 건
지독히도 외롭다는 것
따다 말고 들여다보니
영락없는 쥐똥!
쥐똥만 한 것에 빌붙어
외로움을 삭히는 건
참으로 기가 찬 일이긴 하나
다급하게 생을 마감한 것의
뒤처리를 해 주는 건 나름 선행이다

몸통과 머리가 분리돼도
결코 소름 돋지 않는
오히려 단정하고 깔끔한 자태라니
어느 생물이
머리와 내장을 들어내도
굴하지 않는 맵시가 있다던가
간결하고도 당당한
너의 몸짓에 나는
흔들리는 삶을 부여잡는다.

지식 검색

부부는 무촌
부모자식은 일촌

그럼
나와 나는 몇 촌인지
아무리 검색을 해 봐도
알 길이 없네

때로는 무촌
어느 땐 팔촌 쯤
오늘은 타인처럼 낯설다.

미세먼지와 나와의 상관관계

봄철 내내
미세먼지를 마신 나는
서서히 변해 간다

미세하게 신경질적이고
세세하게 우울하게
촘촘히 예민해진다

안경도수는 점점 높아 가는데
신기하게도 청각은 좋아진다
미각은 둔해졌고
사물을 대하는 감성은 노골적이다
선명하지 않은 것들에 신경이 곤두서고
유치하리만큼 화려한 것에 집착한다

은은한 파스텔 톤에
무조건 반응하던 나의 오감이
원색이어야 겨우 반응하는 이 변화가

단지 미세먼지 탓인지
아니면 먼지에 뒤덮인 지각 탓인지

내 삶을 미세하게 잠식해 오는
저 괴물의 정체는
오늘날 혼돈에 세계에서 방황하는
유린당한 정서들 같다.

남편의 두 번째 부인

어둑해진 틈을 타
유리창 속으로 숨어드는 여자가 있다

방안에 갇힌 나와
유리창에 갇힌 그녀
닮은 듯 다른 듯
낯익고 낯설고
난간도 없는 거실 유리 속에서
아찔한 곡예를 펼치는 게
안쓰럽고 아슬아슬하고
마주보는 까닭에 외로움이 배가 된다

이 곤궁하고도 곤궁한 고픔이
무엇에 허기진 탓인지
서로에게 되묻기를 반복하다가
먼저 지친 이가 자리에서 일어나면
상대도 못이긴 듯 자리를 뜬다

최선의 배려는

조용히 불을 끄거나

커튼을 내리는 것밖에

서로에게 딱히 해줄 게 없는 사이다.

까치집에 사는 여자 이야기

단독 주택에 살던 그녀는
높은 빌딩에 오르면 현기증을 느낀다
그러던 그녀가 25층 꼭대기로 이사를 간다
까마득한 천 길 낭떠러지에 매달려
매일 밤 흔들리는 꿈을 꾼다

누군가를 밟고 산다는 것에
익숙지 않은 그녀는
조심조심 발을 떼어 놓느라
매일 매일 진땀을 흘렸다
밤이면 수십 명이 포개어 자고
새벽마다 아낙들이 서로를 무등 태워
밥을 짓는 것도 불안하다

낡은 신발 질질 끌고 가도 되는 슈퍼를
단장을 해야 다녀올 수 있다
두 손에 고무 봉지 들고 바라보니
영락없이 떡갈나무 꼭대기에 매달린 까치집이다

어쩌자고 저 높은 곳에 부엌을 들였을까

승강기에서
아래층 여자와 인사를 한다
날마다 그녀가 밟아 짓이겼을
여자의 정수리가 하얗다 못해
속살마저 드러나 있다
괜한 미안함에 시선을 피한다

뒤꿈치를 들고 걷던 그녀는 어느새
발바닥에 힘을 주기 시작했고
내려다보는 것에도 익숙해져 갔다.

비루하다

생각에 수시로
비루함이 와서 붙는다
늙음이다

눈에 자꾸
비루함이 보인다
젊음이다

하루는 비루함을 보다가
다음 날은 비루해진다
늙는 중이다.

영정사진

날마다
잔주름으로 일기를 쓰다가
저절로 의미 있어
깊이 패진 주름으로 행을 만들었다
더는 쓸 자리가 없다 싶어
근사하게 사진으로 한 방 박아
일기장 겉표지로 쓸 요량이었는데
오늘 이렇게 문객을 마주하니
이왕이면 웃는 얼굴로 찍을 걸 그랬다
그래도 생전에 오고 간 인연 따라
굳은 얼굴에서 용케
웃음도 역정도 찾아내고
아량과 이해도 찾아낸다
살아온 인생 그대로
고스란히 박힌 사진 한 장
저마다 생의 일기장에 표지 모델이 된다.

셀카를 찍다

달리는 세월에
정지 명령을 내리고
차렷을 외친다

잡아놓은 줄 알았던 찰나들
나란히 놓고 보니
여지없이 달려가고 있다.

신체발부수지부모(身體髮膚受之父母)

한 때는 살점
뜯길까 흠날까 애지중지하던 손톱 발톱
눈에 거슬리는 순간 가차 없이 잘라버리지
인물의 반을 차지하던 머리카락 역시
지지고 볶고 물들이며 하루에도 수도 없이 매만지며
한시도 눈을 떼지 않던 그 맘
변심한 연인보다 더 냉정하게 잘라버리고
미련 없이 자리를 뜨지

내 몸의 일부였던 그들
수십 년간 내게 버림받은 그들은
지금 어디에서 내 숨을 토해내고 있나
이 거리 어디쯤 나를 떠난 나
저 거리 어딘가에
내가 버린 내가 나를 찾아 헤맬지
사방에 흩어진 내 몸
거리에 흩날리는 내 영혼
어디까지가 내 것이고
언제까지가 내 몸인지.

기찻길

갈까 말까
할까 말까
선택에 기로에는 늘
양팔 넓이만큼의 두 길이 놓여 있다

넓지 않은 간격임에도
좀체 하나가 되지 못하고
매순간 발목을 잡히니
그럴 때마다 한층 더 넓어 보인다

용기를 내어 선택한 길
애써 달려가 보지만
다른 길에 미련은 여전히 남고
주춤하는 사이
길은 자꾸 멀어져만 간다

내려가는 이 길이
누군가의 올라가는 길이 되고

올라가는 그 길은
또 다른 이의 내리막이 되겠지만
간간이 교차하는 길목이 있어
서로 마주 보는 법을 배운다

그렇게 두 갈래의 기찻길이
지금도 내 앞에 놓여 있다.

로또에 당첨되다

덩달아 사 본
복권 한 장
없던 욕심이 생기고
없던 인심이 생긴다

인연의 길이만큼
분배의 너비가 정해지고
마음의 깊이만큼
액수의 높낮이가 매겨진다

살아오며 이처럼
후한 마음이 있었던가
이처럼 진지하게
내 주변을 돌아본 적이 있었나
복권 한 장이
내게 준 건
돌아보는 시간티켓

내 욕망의 크기

내 배려의 넓이

내 소망의 높이

내 허영의 깊이

그리고 내 비굴함의 비등점.

산고(産苦)

딸은 시집을 가고
나는 시집을 내고

자식을 낳느라 딸은
산고를 치르고
나는 시를 엮느라
배앓이를 한다

산바라지는 온전히
시간의 몫이 되었다.

글삯

시 한 편을
오만 원이라 치면
하루에 한 편 쓰면
그날 일당은 한 셈인데
간혹가다 시신(詩神)이 내렸는지
두세 편을 건질 때가 있다
이럴 땐 쓸데없이 어깨에 힘이 들어가며
한껏 거들먹거리다간
한 편쯤은
저축해도 되겠다 싶은 여유까지 생기는데
오늘은 꽝이다
새벽 인력시장에 나갔다가
허탕 치고 돌아오는 심정이
나와 다르지 않을 것 같다.

환승역에서

노선을 바꾼다는 것은
참으로 번거로운 일
가던 길을 단숨에
갈 수 있다는 것은 행운이겠으나
부득불 환승해야 한다면
도리 없이 감수해야 할 일이다

이방으로 향하는 발걸음은
때론 부담으로
때론 흥미로 다가오나
세상사 여의치 않을 때
가볍게 갈아탈 수 있다면
그보다 좋은 일도 없을 터

파란색 노선이든
빨간색 노선이든
다다른 곳이 원하는 목적지라면
몇 번을 돌아 갈아탄들

무엇이 문제일까

헌데 어찌하여 환승역은
이리도 복잡하고 붐비는 것일까
인생의 환승역에서
열차를 기다리고 서 있다.

자화상

누구의 무엇이었고
무엇의 누구로 살아오는 동안
자신도 모르게 실종된 자아
어린 시절 모습이
순간 떠오르지 않아
사진첩을 뒤져 가까스로 다가선
나는 너무도 낯설다
너무도 멀리 와 있었다

얼굴은 각을 잃었고
날카로운 선도 무뎌졌으며
빛나는 눈동자도 더는 존재하지 않는다
퇴색한 낯빛과 균형을 잃은 몸
흔들리는 눈빛을 등대 삼아 살아온 결과이다
시간이 지나면 이 모습 또한
낯설어질 것이다

어디까지가 나일까

어느 순간이 진정한 나일까
거울 없인 제 모습조차 볼 수도 없고
뒷모습은 영영 보지 못한 채
떠날 것이기에
나는 영원히 나를 모를 것이다

내일이면 타인처럼 낯설어질
거울 속에 나를 붙잡고
속삭이듯 다그쳐 묻는다
너는 누구니?

안과의사 Y

골라보는 재주도
가려보는 지혜도 없이
마구잡이로 세상을 봤다
불의를 보면 교묘히 외면했고
수치스런 관음도 즐겼으며
비굴한 눈빛으로 상대를 보기도 했다

패총처럼 쌓여진 퇴적층이
고스란히 드러나는 순간
수십 년이 일순간에 파헤쳐졌다

결막과 각막을 지나
수정체에 다다른 그가
깊은 한숨을 토해낸다
탄식과 같은 절망이 미간으로 전해진다

그릇된 시각에 각을 잡고
혼탁한 기억을 걷어내는

그의 손놀림이 경이롭다
시야가 흔들린다
본디 세상이 이처럼 흔들렸었나
순간의 정지가 낯설게 다가온다

의사 Y가
내 기록의 필름을 파기한다
빼앗기다시피 넘겨준
내 삶의 기록들이
주저 없이 쓰레기통으로 던져진다

그럴만한 이유가 충분했다.

추억으로 가는 통로

스무 살 언저리에 찍은
사진 한 장
모두가 한 무리 연어가 되어
시간을 거슬러 올라간다

돌무덤마다 숨겨 놨던
기억을 들춰내니
등줄기 푸르던 시절이
푸드덕거리며 다시
수면 위로 떠오른다

수정보다 영롱한
시간 한 점씩 있었다는 것
더는 설렐 것 없는 일상에
가차 없이 위로를 날린다

저마다 각기 다른
기억에 문고리를 거머쥐고

비밀에 방으로 들어가는
신비한 틀
사진은 언제나 자신을
주인공으로 만들어 주는
마법의 힘이 있다

삶에 중심에서 비껴갈 즈음
추억에 사진 한 장이
모두를 다시
삶의 한복판으로
기어이 밀어 넣고야 말았다.

노인과 나 그리고

한 노인이
한 손엔 지팡이
또 한 손엔 우산을 들고
느림에 최대치를 보여주며 걷고 있다

노인은
길 위에 족인을 찍고
지팡이는 그 옆에 쉼표를 찍는다
아주 깊고 선명하게

한 무리의
아이들이 앞질러간다
노인의 어린 시절이
달음박질하며 달려간다

노인은 초연하게
자신의 과거를 뒤따르고
나는 초조하게

미래를 따라 걷는데
뒤따르던 비가
무심하게 자국들을 지운다

결국
모든 게
아무것도 아니었다
다 지워지는 것들이다

모든 건 다 지워지고야 만다.

새 신 구매후기

되돌아가는 길을 잃어버린 데는
그 길을 같이 걸어온
신발들을 잊어버린 까닭이다
새 것에 눈이 멀어
가차 없이 헌 것을 내치느라
되돌아갈 길을 염두에 두지 않았다
새 신은 옛길을 모른다
그 길의 기억은
같이 걸어온 자들의 넋
나의 지독한 이기심에 결국
과거로 돌아갈 기회를 놓치고 말았다
어쩔까나,
또 새 신을 사고 말았다.

뜨거운 발상과 체험, 그 착색의 울림

– 정용채 시집《마음로1번길에 시가 산다》의 시세계

방 원 조

(시인 · 아동문학가)

정용채 시인은 자신의 삶을 반추하여 묵직한 사상과 감정을 겸허하게 시 빚음에 착색한다. 선이 굵은 일상의 이미지와 접목된 심미적 언어에 생명을 불어넣는다. 정신적 고통이 응집된 서정적 감성을 순수한 감각적 경험과 교감하면서 성찰의 경지에 이르게 한다.

그는 현실을 직시하는 가슴앓이로 내면화된 사색과 긴장을 역동적 에너지로 순화시키기도 한다. 그의 시에는 몰입하는 이들의 감동을 자신의 서경적 체험과 동일시하는 자리가 마련되어 있다. 이것은 시적 감정과 사색과 경험과 사상이 가슴앓이로 순화된 에너지가 분출될 때 나타나는 숙련된 기법이다.

이렇게 위의 모든 것이 응집되고 용해된 그의 작품은 주관적 시각 메시지가 뚜렷하여 건강하고, 그 울림이 환상적이다. 짧은 호흡으로 의인화하는 자연 회귀가 대범하고 진솔하여 공명이 길다.

정용채 시인은 그리움을 은은하고 상큼한 라일락 향기로 비유한다. 그러면서 외로움과 고통이 수반할 때 생성되는 그리움을 애절하고 고독하다고 표현한다.

그는 지각, 기억, 상상, 꿈의 의미가 함축된 언어를 그리움을 이미지화하여 감각적 경험을 불러일으킨다.

가을 하늘
홍시 같던 엄마
바람결에
곶감인 양 사시더니
몇 번의 병치레 끝에
잘 말린 대추가 되었다
어제 뵈니
영락없는 매미 허물
움직일 때마다
바스러지는 소리
내 귀의 이명으로 사신다.

– 〈엄마의 변신〉 전문

직설적으로 표현한 〈엄마의 변신〉은 너무 강렬하다. 그
만큼 그리움의 토함도 절절하다. 그는 그렇게 가슴을 후비
면서 〈안개로 염색해 보세요〉에서 희생을 숙명처럼 여기는
어머니 반백의 머리를 외로움으로 투시한다. 그리고 〈배롱
나무 가지에 립스틱 피다〉에서 자신이 오버랩 되는 배롱나
무 꽃에서 현실적 성찰을 이룬다.

　　채마밭에 다녀오시던
　　어머니의 머리는 반백이었다
　　그 후로 얼마나 많은 날을
　　안개 속을 들고 나셨길래
　　저리도 하얗게
　　순백의 머리가 되었을까
　　머리카락 속에서 간신히
　　검은 머리 한 올을 찾아
　　젊은 날의 이야기를 듣다가

　　　　　　　　　　　　- 〈안개로 염색해 보세요〉 일부

　　모진 풍파 겪은 얼굴에도
　　저 꽃 닮은 립스틱 슬쩍 바르면
　　언제라도 살 고운 아낙 되어
　　다시 꿈을 꿀 수 있었다네

바람에 떨어져 뒹구는 꽃잎들이
마치 어머니 입가에 번진
립스틱 자국 같다

배롱나무 꽃이 피는 계절엔
진홍색 립스틱을 기어이 사고야 만다.

- 〈배롱나무 가지에 립스틱 피다〉 일부

그의 진솔한 그리움의 삶은 길지 않은 호흡 속에서 대립과 갈등을 극복하는 내면적 서정을 쟁취한다. 살아가는 의미를 발견하는 〈사위어 가다〉, 자신을 자조하고 학대하는 〈가을이 일제히 소각되다〉, 바람과 기대의 〈앨범〉 등에는 그의 진솔한 인간적 면모가 투영된다.

그리고 그는 그리움의 소재를 꽃, 나무, 음식, 과일, 계절 등 친숙한 자연에서 발굴하여 애정을 입힌다. 시어의 의인화 짜임은 단순하지만 압축된 이미지 구축은 단단하고 통찰력이 있다.

정용채 시인은 애절하고 고독한 그리움을 압축된 이미지 조화로 라일락 향기를 멀리까지 날아가게 한다.

정용채 시인은 닫힘과 열림의 문이라는 개체를 변화하는 삶의 깨달음과 대비하여 시각적으로 조명한다. 호흡은 짧지만 현실적 감각은 대범하다.

그는 〈문 _ 하나〉와 〈문 _ 둘〉에서 파생되는 상반된 삶의 모순을 인간성 회복으로 극복하고 노력한다. 극히 짧은 호흡이지만 그 메시지는 여운이 길다.

설마/ 볕과 바람이 드나들어/ 문이겠는가/ 네가 들고 나니/ 문인 게지/ 오늘 너/ 오지 않으니/ 문은 이내 벽이 된다.

– 〈문 _ 하나〉 전문

문을 여니/ 기다렸다는 듯/ 찬바람이 밀고 들어온다/ 너/ 얼마나 밖에서 기다린 거니.

– 〈문 _ 둘〉 전문

그러나 〈문 _ 자동문〉으로 상실과 시기와 질투로 견고해지는 사회에 경종을 울린다. 〈문 _ 화장실〉을 통해서는 인위적으로 조성되는 폐쇄적 환경을 이해와 존중으로 허물 수 있다는 희망을 서술적으로 구체화 한다.

자동문이라 써 놓고
누르란다
반자동이다
사기다!
사기의 공간으로 들어갔다
사기의 세계로 나온다.

– 〈문 _ 자동문〉 전문

화장실과
아들 방문은
일단 닫히면
국경보다 더 단단하여
비자가 있어도
들어갈 수가 없다
똑! 똑!

- 〈문 _ 화장실〉전문

못 볼 거/ 보고 난 후/ 눈 한 번/ 감았다, 뜨면 그만/ 굳
이/ 마음까지 끌고 와/ 속 끓일 게 무어람   - 〈눈〉일부

꽃잎/ 분분히/ 흩어지던 날// 자식 낳고/ 춤추던 날//
씨/ 열매/ 하나같이/ 예쁜 꽃을/ 엄마로 두었다

- 〈꽃〉일부

게으른 자에게 내린 단죄/ 삭풍 아래/ 검붉은 주검으로
/ 꾸덕꾸덕 박제되어 간다.   - 〈꽃 _ 겨울장미〉전문

굳이/ 눈을 감지 않아도/ 보지 않을 자유가 있어/ 밤은
낮보다 평화롭다   - 〈밤〉일부

도시의 밤하늘에는 별이 없다/ 별보다 화려한 조명이/

도시를 꽉 채우고 있어/ 사람들도 더는/ 별을 그리워하
지 않는다.

– 〈별〉 일부

　젠장/ 이게 뭐람!/ 그 넓은 초지를 놔두고/ 하필이면
도랑이라니/ 착지를 배우는 시간에/ 결석한 게 화근이다

– 〈감〉 일부

　〈눈〉, 〈꽃〉, 〈꽃 _ 겨울장미〉, 〈밤〉, 〈별〉, 〈감〉 등을 행간
을 무시하고 나열해 놓는다. 막힘없이 읽힌다. 이해가 쉽고
빠르다. 간결하다. 시가 어렵지 않음을 암시해 준다. 그러
나 거기에 담겨 생략되고 압축된 의미는 단순치 않다.
〈눈〉, 〈꽃〉, 〈감〉 등에서는 기발한 상상력과 조합되어 발산
하는 에너지가 꿈틀댄다. 〈별〉 등은 현실에 안주하지 않고
가치를 발견하는 리얼리즘이 있다. 가시적인 비유로 조립
하는 통찰력도 흔들림 없이 집약돼 있다.

　정용채 시인은 건강한 애정으로 메마른 현실을 쓰다듬는
다. 바쁘고 활기찬 삶에 희망을 선물한다. 그것들은 군더더
기 없이 견고한 구조와 짜임이 받혀준다.

　정용채 시인은 자연관에 몰입하여 자아욕구 실현을 쟁취
하는 인간의 삶을 사실적 묘사와 의인화 기법으로 접근한
다. 그는 우리 사회 도처에서 벌어지는 아픔과 슬픔의 현실

을 〈철거 현장〉에서 본다. 대화를 짓밟고, 이성을 상실한 인간들의 아귀다툼을 날카로운 칼날에 비유한다. 그 칼날은 대화 차단과 극한 대립, 그리고 외면에 대한 일종의 경종이다.

> 기억을 지우려는 자
> 추억을 지키려는 자
> 두 개의 칼날이
> 공기를 자른다
>
> － 〈철거 현장〉 일부

꼭지를 틀자/ 수돗물이 기다렸다는 듯이/ 요란스럽게 쏟아져 나온다/ 기껏 손 한 번 씻자는 건데/ 별스럽게 쏟아내는 물소리에/ 짐짓 뒷걸음을 친다/ 몹시도 세상으로/ 뛰쳐나오고 싶었나 보다/ 하긴 제 맘대로 세상으로 나왔다간/ 어디 모자란 놈 취급받기 일쑤일 테니/ 일일이 허락받고 나오는/ 번거로움이 오죽했을까/ 남의 목 축여주는 데도/ 제 목 틀어쥐어야 하는/ 억울함이 어떠했을까/ 다시금 꼭지를 잠그자/ 서러운 듯 뚝뚝/ 마지막까지 눈물 바람이다.

－ 〈수돗물〉 전문

그는 〈수돗물〉에서 삶의 현실을 발견한다. 자신의 욕구를 쟁취하고자 안간힘을 쓰는 인간들의 이해 충돌에서 발생하는 모습을 직설적으로 표출한다. 그러다 지친 인간들의 종착지에서 위안으로 삼는 〈쓰레기통 속 대화〉를 듣는다. 버려지는 게 한 줌의 생이라는 독백을 축축한 절제미로 중심을 잡지만 〈확성기소리〉들으며 언젠가는 자신도 버려지는 삶이 될 수 있다는 자괴감에 빠진다. 그러면서도 〈도배를 하다〉에서 때로는 허망한 현실을 탈출하지 못하고 안주하는 자포자기에 빠지기도 한다.

불현듯
못 쓰는?
나도 어느 날
저 확성기소리 따라
집을 나서는 날이 올 것 같다.

– 〈확성기소리〉 일부

겹겹이
문들을 달아놓고
번잡한 외로움
숨 쉬는 답답함도 느껴봅니다

이제 와 허물기에는
국경만큼이나 견고해진 벽에
기하학 도배지로

설치미술을 하듯 도배를 합니다.

- 〈도배를 하다〉 일부

정용채 시인은 〈알람소리〉, 〈계단학 개론 1장〉, 〈불청
객〉, 〈백담사〉, 〈가위바위보〉, 〈섬유유연제〉, 〈공기청정기〉
등에서 행복을 찾아 헤매는 인간들의 자화상을 구체적으
로 발산한다.

그의 시심은 한 곳에 안주하지 않는 방랑자이다. 실체적
상상 체험으로 시야 넓은 현실에서 가치를 찾아낸다.

정용채 시인은 인간과 자연이 공존하고 결합하는 사회에
치열한 정신적 고통으로 개입한다. 때로 이해와 갈등의 벽
이 열리고 닫히는 그 경계에 서서 회복과 상실이 촉촉한 그
리움으로 시어를 적신다. 그런 애정으로 연결되는 현재와
미래를 특유의 반어법 등으로 조화를 이룬다.

그는 〈소금〉에서 절절한 그리움을 발산한다. 인고와 희
생의 복합에서 서슬 퍼런 아픔으로 생성된 결정체를 무한
한 자연과 인생을 투영한다. 그는 이렇게 평범하고 단순한
소재를 생명력 넘치는 작품으로 정화하고 내면화한다.

　　푸른 빛은 온전히 내 설움의 빛
　　너의 그리움
　　나의 그리움이 응집된 건

짜디짠 눈물의 결정

그래, 그래
서러움은 푸른 빛이었어
무엇으로 걸러지지 않는
서슬 퍼런 아픔이 있어야
눈부시게 빛나는 거였어

그리움이 삶에 여과되어 감동으로 이끄는 발상은 부족과
풍족이 자유라고 외치는 〈여백으로 채우다〉에서 드러난다.

씻고 또 씻고/ 한여름/ 풋사랑 잊으려/ 제 몸 부서지도
록/ 안간힘을 쓰고 있다

〈하조대 모래사장〉에서는 이렇게 모래와 파도의 처절한
인고를 잊음으로 승화한다. 〈달맞이꽃〉, 〈가을이라 이름
짓다〉, 〈목련꽃 지고서야〉 등도 소재는 다르지만 같은 맥
락이다. 그는 〈순천만 갈꽃비〉에서 꾸밈 없는 순응이 조건
없이 지불하는 행복의 고귀함이라는 사실을 갈꽃의 비유
를 통해 울림이 되게 한다.

향기 없다고

맵시 없다고
꽃자리에 초대받지 못하지만
세상에 꽃으로 태어난 이유가
어디 뽐내는 데만 있을까요
그는 향기를 위해
그녀는 열매를 맺기 위해 태어났다지만
저는 가장 낮은 곳에서
당신이 머물 자리를 준비합니다
꽃비로 쓴 자리
당신을 초대합니다.

- 〈순천만 갈꽃비〉 전문

그는 자연에서 발견하는 일상의 현상을 독특하고 기발한 발상으로 재현한다. 이는 오랜 시간과 각고의 시련을 통해서 사유되는데 그의 주관적인 뚜렷한 시각은 언제나 흔들림이 없다.

〈오미자 효소를 담그다〉, 〈이팝나무 아래 노총각 서 있다〉, 〈서설〉, 〈화살나무 물들지 아니하고는〉, 〈이별하는 날〉, 〈바다의 율법〉 등도 이런 과정을 거쳐 정제된 작품들이기에 그냥 스쳐 지나서는 안 된다.

특히 〈연지〉에서 소나기가 연잎에 떨어져 물방울로 구르는 장면을 순식간에 리얼하게 스케치한 장면의 표현은 교묘한 언어유희이다. 더구나 그 모습을 수확을 기쁨으로 타

작하는 농부의 모습으로 오버랩한 기술은 참으로 대단하
다.

　　장마철 연지에 가면
　　후룩 후루룩
　　국수 말아먹는 소리 요란한 건
　　진주 수확 철에
　　일손 늘리기 위함이다
　　빗 타작에
　　연잎 위로 솟아오른 진주를
　　재빨리 낚아채지 못하면
　　이내 일그러져 쓸모없어지니
　　가쁜 농부의 숨소리가
　　빗소리보다 요란하다.

– 〈연지〉 전문

　정용채 시인이 발굴하는 소재는 자연세계 그 자체이다.
그는 발굴한 소재에 녹슬지 않은 양심을 그리움으로 착색
한다. 그래서 지워지지 않는다.

　차마/ 다가갈 수 없어/ 문밖을 서성이다/ 유리창에 하
얗게/ 그리움만/ 그려 놓고 가는/ 사랑 애송이.

– 〈성에〉 전문

그의 마음은 〈성에〉에서 보는 것처럼 애잔하다. 그러나 자연 세계를 희구하면서 상상력을 동원하여 일어나는 갈등을 해소하는 애정은 동적이고 활달하다.

정용채 시인은 삶의 의미를 축적된 경험을 중심으로 자연과의 조화를 꿈꾸는 변화에서 찾고자 심상을 명료화 하려고 시제를 다듬는다. 그래서 시간과 미의식의 결합에서 심상을 찾는다.

그는 삶의 의미 부여를 축적된 경험을 토대로 한 자연과 조화에 둔다. 그래서 현실과 질적 투쟁을 벌이며 끈질긴 생활의 내면을 파헤친다. 시간으로 흐르는 늙음, 회한, 죽음은 창조적 기억으로 여과하여 참신한 시어로 낚는다.

몸통과 머리가 분리돼도
결코 소름 돋지 않는
오히려 단정하고 깔끔한 자태라니
어느 생물이
머리와 내장을 들어내도
굴하지 않는 맵시가 있다던가
간결하고도 당당한
너의 몸짓에 나는
흔들리는 삶을 부여잡는다.

– 〈외로울 땐 멸치 똥을 딴다〉일부

이렇게 자아를 성찰하는 과정과 현상은 〈미세먼지와 나와의 상관관계〉, 〈남편의 두 번째 부인〉, 〈지식 검색〉, 〈영정사진〉, 〈신체발부수지부모身體髮膚受之父母〉, 〈로또에 당첨되다〉, 〈산고産苦〉, 〈글삯〉, 〈자화상〉, 〈안과의사 Y〉 등에 잘 농축되어 있다.

〈까치집에 사는 여자 이야기〉에 사회발전에 따른 고뇌가 짙게 배어난다.

낡은 신발 질질 끌고 가도 되는 슈퍼를
단장을 해야 다녀올 수 있다
두 손에 고무 봉지 들고 바라보니
영락없이 떡갈나무 꼭대기에 매달린 까치집이다
어쩌자고 저 높은 곳에 부엌을 들였을까

승강기에서
아래층 여자와 인사를 한다
날마다 그녀가 밟아 짓이겼을
여자의 정수리가 하얗다 못해
속살마저 드러나 있다
괜한 미안함에 시선을 피한다

뒤꿈치를 들고 걷던 그녀는 어느새
발바닥에 힘을 주기 시작했고

내려다보는 것에도 익숙해져 갔다.

- 〈까치집에 사는 여자 이야기〉 일부

생각에 수시로/ 비루함이 와서 붙는다/ 늙음이다// 눈
에 자꾸/ 비루함이 보인다/ 젊음이다// 하루는 비루함을
보다가/ 다음 날은 비루해진다/ 늙는 중이다.

- 〈비루하다〉 전문

그는 늙는다는 것을 이렇게 〈비루하다〉로 형상화하면서
〈영정사진〉에서 희로애락의 생활이 마지막으로 가는 길임
을 차분하게 정리한다. 자기 체험을 시적 상상력으로 재구
성하는 객관적인식도 무한하다.

그래도 생전에 오고 간 인연 따라
굳은 얼굴에서 용케
웃음도 역정도 찾아내고
아량과 이해도 찾아낸다
살아온 인생 그대로
고스란히 박힌 사진 한 장
저마다 생의 일기장에 표지 모델이 된다.

- 〈영정사진〉 일부

그는 삶을 환승역에 단적으로 이렇게 비유한다.

노선을 바꾼다는 것은/ 참으로 번거로운 일/ 가던 길을
단숨에/ 갈 수 있다는 것은 행운이겠으나/ 부득불 환승
해야 한다면/ 도리 없이 감수해야 할 일이다

- 〈환승역에서〉 일부

복잡하고 붐비고 시끄러운 〈환승역에서〉의 이미지가 투
명하다. 환승역과 삶을 사실적으로 비교 비유하는 시어는
평범하지만 그리는 절제된 언어의 표출은 비범하다.
〈자화상〉은 지금까지 살아온 자신의 삶을 거울에 투영하
듯 선명하게 떠올린다. 그리고 불확실하게 남은 삶의 여정
에 물음표를 던진다.

헌데 어찌하여 환승역은
이리도 복잡하고 붐비는 것일까
인생의 환승역에서
열차를 기다리고 서 있다.

- 〈환승역에서〉 일부

어디까지가 나일까
어느 순간이 진정한 나일까
거울 없인 제 모습조차 볼 수도 없고
뒷모습은 영영 보지 못한 채
떠날 것이기에

나는 영원히 나를 모를 것이다

내일이면 타인처럼 낯설어질
거울 속에 나를 붙잡고
속삭이듯 다그쳐 묻는다
너는 누구니?

- 〈자화상〉 일부

바나나가 내게 말을 건다/ 너도 나처럼 식탁에 앉아/
검버섯으로 연지곤지 찍기는 마찬가진데/ 네 젊은 날에
꿈은 이루고 사느냐고…

- 〈바나나〉 일부

같은 철을 살아왔거늘/ 나무는 날이 갈수록 고풍스러
운데/ 나는 갈수록 초라하니/ 나무 한 그루 따라잡기도/
버거운 나이다.

- 〈단풍은 철드는데〉 일부

그는 현재의 삶을 이렇게 자조하고 한탄하고 있다. 그러
나 그는 시 창작 활동이 자기 발전과 잠재력을 극대화하는
자아실현의 단계에 이르렀음을 스스로 고백하고 있다. 그
러면서 시 창작의 대부로 모시던 고 김대규 시인에게 마지
막으로 묻는다.

제 안에서 시를 끄집어내면/ 진정 삶에 무게는 줄어드는

건지/ 무한으로 끄집어내기를 반복하면/ 마지막 가는 길은
솜털처럼 가벼이/ 떠날 수 있는 건지 말입니다

- 〈시 한잔하실래요?〉 일부

　정용채 시인의 두 번째 시집《마음로1번길에 시가 산다》
탐구 분석을 마치면서 삶을 시에 바치고, 시로 삶을 개척한
다고 다짐하는 정용채 시인에게 니체의 이 말을 가슴에 넣
어준다.
　인간은 나무와 같다. 나무는 높고 밝은 곳으로 올라갈수
록 뿌리는 보다 깊게 땅 속으로, 암흑 속으로 내려간다.

마음로1번길에 시가 산다

지은이 / 정용채
펴낸이 / 김정희
펴낸곳 / 지구문학

03140, 서울시 종로구 종로17길 12, 215호(뉴파고다 빌딩)
전화 / (02)764-9679
팩스 / (02)764-7082

등록 / 제1-A2301호(1998. 3. 19)

초판발행일 / 2019년 9월 25일

ⓒ 2019 정용채 Printed in KOREA

값 12,000원

E-mail/jigumunhak@hanmail.net

※잘못된 책은 바꿔드립니다.
※저자와의 협약으로 인지는 생략합니다.

ISBN 979-11-965316-1-4 03810